图书在版编目（CIP）数据

东西南北辑·西溪集/刘海彬著. —上海：上海书店出版社，2012.12

ISBN 978-7-5458-0661-8

Ⅰ. 东… Ⅱ. ①刘… Ⅲ. ①诗词—作品集—中国—当代 Ⅳ. ①I227

中国版本图书馆CIP数据核字（2012）第211505号

刘海彬 著

西溪集

刘海彬

上海书店出版社

目录

西溪集

西溪集

西溪集

西溪集

西溪集

行香子

题杭州西溪

曲道回环，一桨凌波。过西溪，游客如梭。丛飞越鹭，岸掩鸠窠。傍村依舍，蒹葭舞，牧童歌。

家家面水，户户垂杨。荡轻舡，戴笠披蓑。溪中鸊鷉（鸊鷉，西溪中特有的一种水禽，形似野鸭而略小。），陆上鸡鹅。引五湖舟，八方客，列国车。

二〇〇九年十月二日

致远人

俱是他乡客，思君忽惘然。遥看中秋月，徘徊出东山。吴刚醉桂树，嫦娥影形单。人生争何似，知己在天南。

二〇〇九年十月三日农历八月十五

佳节怀远

长啸东山去，悠然放鹤亭。浮云游子意，落日故园情。送君归南浦，斯人独娉婷。我在西溪畔，山花自飘零。百年苦岁短，莫作白头吟。思君歌永夜，兀自踏月行。鹤鸣声嘹唳，松涛万壑应。更怜绵绵雨，淅沥到天明。

二〇〇九年十月六日

题查松林作《寒江独钓砚》

江上雪纷纷，何人垂玉纶？篙动层冰裂，波静水流深。天地浑一色，岁去不留痕。且将葫芦吊，沽酒入柴门。

二〇〇九年十月八日

题临江渡

渡口往来人，多如过江鲫。芸芸众生忙，飞逝如江水。江畔一老槐，千年睹风雨。离乱百姓哀，国破烽烟起。沧桑似病树，浮生若蝼蚁。迨自共和立，万象复更新。广厦接霄汉，民生胜畴昔。桥飞似虹霓，隧道出江底。艨艟穿梭过，桥上车行疾。老渡今已废，新港鳞栉比。我亦江上客，中夜临江矶。华灯照不夜，情侣犹相倚。波心江月白，笙歌不绝缕。

二〇〇九年十月九日

忆少年

君家依南山，我家邻北渡。苍苍入碧薇，漫漫蘅塘路。深山人迹稀，

西溪集

江上风波怒。冬来冰雪阻，雾弥江畔树。感君缠绵意，折我门前竹。回眸一笑生，梦里几回顾。日日立村前，盼君从此过。思君不见君，归帆尽白鹭。西溪浣纱女，年少争驻足。可叹方及笄，嫁作商人妇。惆怅别故土，寺庙寻剃度。剪去烦恼丝，忘却来时路。青灯伴袈裟，晨昏诵古佛。难得六根净，看破红尘浊。心如古井水，枯颜似槁木。谁人奏琵琶，愁向哀弦诉。南山松竹老，北渡舟无数。再度见君时，江天日已暮。

二〇〇九年十月十日

无题

一

当年怜豺似东郭，待到被噬梦方觉。江湖岂惮风涛险，人心颇奈诡计多。恬颜相近无非利，曲意逢迎必有说。同窗莫谈风月事，且共山妻暖被窝。

二

曾疑相术是糟粕，尖嘴猴腮未轻逐。憨厚人前无利齿，狡诈背后是非多。醉里几回伤往事，醒来一笑半生坷。论人何须龟蓍算，且从利字辩清浊。

三

滚滚红尘歧路多，更有玉貌风姿绰。休将美人称祸水，且借西子荡清波。魑魅陷人曾百计，魍魉争利竞豪夺。尘世若欲寻知己，还将幽弦掌上拨。

四

修得金刚不坏身，老夫已是过来人。曾见小丑跳梁上，亦闻豪杰胯下蹲。宦途风云熏铁骨，商海浊浪醉金樽。世态炎凉任百变，一山一水一渔蓑。

二〇〇九年十月二十八日

江城子

赊得余年作壮游，越大漠，浮南海，南北东西，一似老顽童。两度珠峰山下宿，第三极，傲神州。

曾偕娇娃上层楼，山如练，月如钩。风华年少，凭此送凝眸。目接家山千里外，东去水，自悠悠。

二〇〇九年十一月一日

乡居

觅得溪山两分田，起看松竹卧听泉。东家送吾新熟稻，我馈西邻份子钱。曾牵蹇驴入早市，沽酒顺带购油盐。春来诸友欣然聚，又送一岁太平年。

不见官家不荐贤，瓜果尝得四时鲜。夏日竹凉挥蒲扇，冬围炭火乐农闲。曾随药农识百草，也伴渔父辨鳙鲢。丰收最喜秋色好，大槐树下袒腹眠。

二〇〇九年十一月一日

城中即景

一

楼高如戟刺青天，入地犹有隧相连。临街密密人如蚁，马路滚滚车不绝。冠盖如云来四海，肤色似链五洲牵。更有美女灼屏幕，纵使为僧也目眩。

二

新盘开出庆乔迁，爆竹声声似过年。阔少飚车浑如虎，贫儿无钱自有闲。闹市难容夫子室，公园易入但烧钱。街头无处不城管，落荒小贩最堪怜。

三

傍晚收摊息一肩，陋室灯下细数钱。最怕大钞掺假币，却喜今日好事连。电告犬子升高校，信诉小女嫁人贤。老妻慷慨烹鸡腿，相与一醉是和谐。

四

白领初开别克车，新朋旧友尽咋舌。股市翻红足底气，炒楼又赚金一钵。请客常上必胜客，三餐依旧带饭盒。聚餐每倡AA制，面子风光少不得。

二〇〇九年十一月二日

咏松萝

己丑年十月，余在香格里拉高原始见松萝。导游言：松萝只生于高原无污染处，与青松伴生，四季不凋。

青松卓然立，袅袅见松萝。长依君子侧，柔姿自婀娜。天寒知劲节，风狂舞婆娑。四季凝苍翠，冰雪傲相搏。绕枝如碧柳，丝垂万千条。高原证高洁，知己夫谁何？

二〇〇九年十一月二十日

四都寨

四都寨位于浙江丽水市松阳县灵应山，风景绝佳，余恨不能结庐于此，与农人、渔父、樵叟、牧竖共度晚年尔。

少年寒窗唯嗜书，垂暮暖屋伴耕读。客来喜掘山间笋，友至共剪故园蔬。笑语长安柴米贵，乐在丽水作农夫。枝头鸟雀忽聒噪，又报故人到四都。

二〇〇九年十一月二十三日

丽水行

昔有防风氏（传说中防风氏是吴越地区的治水英雄，是帮助大禹制订法律的功臣，因开会迟到而被错杀，真可谓冤哉枉也。据说后由大禹平反致祭，但正史不载。而被杀这事，不仅载于正史，连孔子也曾提到过。事见《国语·鲁语下》：「丘闻之，昔禹致群神于会稽之山，防风氏后至，禹戮而杀之，其骨节专车。此为大矣。」客曰：「敢问谁守为神？」仲尼曰：「山川之灵，足以纪纲天下者，其守为神。社稷之守者，为公侯。皆属于王者。」客曰：「防风何守也？」仲尼曰：「汪芒氏之君也，守封、嵎之山者也，为漆姓。在虞、夏、商为汪芒氏，于周为长狄，今为大人。」），曾居丽水边。会稽诸侯会，大禹法度严。后至竟殒命，千载亦呼冤。立国自立典，怨史数千年。

二〇〇九年十一月二十八日

水龙吟

孤帆只影南行，波心海月频回首。杏花春雨，江南烟树，莺飞依旧。

绿满三吴，东山凝翠，湖光千顷。正渔舟唱晚，琵琶别抱，送行客，别南浦。

嗟叹光阴似水，忆当年，知音在否？清溪浣女，瑶琴犹在，郎心别属。莫问归期，桃花人面，东风拂柳。六十年，且喜南来风雀，寿齐山斗。

二〇〇九年十一月二十九日

无题

一

十里长安道，六年自蹉跎。燕山一登临，易水自悲歌。少壮江湖远，晚来魏阙疏。还向家山去，躬耕事稼穑。

二

半生风波里，曾是浪游人。出门心自野，归家梦尚温。云山观飞瀑，瀚海看潮生。扁舟遍五湖，明月共一尊。

二〇〇九年十一月三十日

还乡曲

窗前依旧大江东，江天如火晚霞红。父辈昨翻前滩浪，子弟今掀世纪风。　不惮江山颜色改，更喜儿曹俱风流。日暮乡关闻牧笛，红梅灼灼傲枝头。

二〇〇九年十二月二十二日

水调歌头

送康典兄返京履新

康典兄，辽宁奉城人，北京赴陕下放知青，后返北京，旋去香港、广东工作。去年由深圳发展银行监事会主席改任新华人寿董事长，麾下从业人员达三十万。

谁谓英雄老，重上点将台。挥别甲子，犹能叱咤燕云开。莫道廉颇老矣，休问尚能饭否，冰雪雁归来。鹏城康郎在，惊涛动地回。奔陇上，返京畿，赴南垓。折冲樽俎，搏浪击楫自舒怀。岂惮香江风烈，不惧五湖云诡，福祸又何哉。带甲三十万，谈笑净尘埃！

二〇一〇年元月五日子夜

高阳台

已别牛年，方迎虎岁，腊梅又送芳菲。去岁风云，一年波澜堪惊。镜里白发催人老，染不得，又上眉心。故人来，引类呼朋，且诉离情。席间戏语当年事，历峥嵘岁月，皓首霜鬓。少壮豪情，已付秋月芳汀。人生自是东流水，谩争它，蜗角虚名。近黄昏，不忍登高，望断归禽。

二〇一〇年一月三十一日

无题

人道花无百日红，春去秋来自匆匆。夏日锄禾知稼穑，冬至农闲好务工。五行八作成社会，九伶十娼看世风。最怜衣冠称士子，也向

僧道问穷通。

二〇一〇年二月十日

卡奴叹

钱夹徒有卡数张，兴来刷卡也猖狂。月入早作锱铢算，帐单催讨是银行。前度透支宴女友，今番又愁来老乡。破屋偏逢连夜雨，惊闻老父入病房。

二〇一〇年二月十日

蚁族叹

租得阁楼号顶天，动静唯恐主人嫌。眼前虽览天地阔，广厦独缺我

一间。屏息上下如蚁附，四肢并用似猱猿。高楼处处成风景，梦魂栖处犹校园。四季寒温一身领，冬来衣单更思棉。且炊黄粱催一梦，桃花源里觅房源。难将旧卡偿新债，薪金久欠苦维权。思乡最怕年关近，愁看千家庆团圆。

二〇一〇年二月十日

新房梦

房价飞涨民生艰，蜗居望去也堪怜。窗前唯有天一线，如厕须奔半条街。闹市曾梦成「隐士」，楼宇摩天我无缘。斗室难容家三口，苦盼拆迁又一年。

二〇一〇年二月十日

咏「月光族」

雅号人称是「月光」，蹭吃蹭住且寻常。逃债恨无入地术，购物每成扫货狂。发薪之日添豪气，月末无银总仓惶。囊空愁付人情债，白条难赊隔夜粮。快餐糊得一时口，盒饭聊充辘辘肠。欲壑堪称无底洞，靓妆徒掩瘦皮囊。忍看风潮竞豪奢，尔曹何时奔小康！

二〇一〇年二月十日

除夕吟

庚寅贺岁

雾锁楼台，雪埋阡陌，又逢虎年春节。老树群鸦，凌云孤鹤，溪边灼灼梅开。踏雪寻诗，围炉温酒，乡情更伴乡语。看青山白首，长桥柳碧，燕子归来。

人道是、少不还乡，老不做寿，豪兴且寄豪饮。焰火弥天，爆竹震地，除夕万户相谐。踟躇天涯，飘零逆旅，千愁一醉解得。乐亲友相逢，旧交来会，纵酒舒怀！

二〇一〇年二月十四日

苏武慢

庚寅年正月初一，余随友人赴江苏庙港，往谒南怀瑾先生。是晚与先生共进晚餐并承赐句：「路逢侠客须呈剑，不是才人莫献诗」。仆生也愚钝，得蒙点化，如醍醐灌顶。席上大醉，不能自已，归而后作。

一见南师，高山仰止，正是虎年春节。门墙弟子，满座宾朋，庙港如云冠盖。华夏精魂，越人肝胆，嬗替汉唐风骨。贯东西妙道，德尊南

北，誉播中外。

人尽颂，春雨春风，无声滋润，遍种八方桃李。阐佛论道，诸子百家，举世岂非公哉！皮里春秋，袖中奇术，四海俱藏怀抱。看千年云水，朝暾夕照，有斯人在！

二〇一〇年二月十四日

行香子

卧听松风，闲看白云。观沧海，潮涨潮平。老来心境，归隐泉林。愿樵于山，耕于野，钓于溪。

百年易逝，无穷光景。最难平，世上风云。穷通富贵，蜗角功名。但醒于茶，耽于酒，醉于情。

二〇一〇年二月十九日

致友人

不见仁兄久，怅然独登楼。北望京城渺，白云自悠悠。水阔涛裂岸，山重雾亦浓。思君情何限，燕山送凝眸。奔走公门事，奈何老病忧。富贵非汝愿，唯盼愈民瘼。道义一肩任，文章千古留。此生无所憾，曾立大潮头！

二〇一〇年二月二十三日

乡人

一

屋前参差绕竹篱，院后更有鸟禽栖。夏晚炎蝉鸣树杪，冬晨寒雀啼声饥。秋收老叟充少壮，春耕村妇亦扶犁。儿郎尽奔城镇去，忍顾幼婴放声泣。

二

儿曹城镇觅生活，老幼乡间自支锅。力耕勉可偿家用，瓦瓮犹剩米一箩。菜畦三分能供蔬，栏下鸡鹅自回窝。苦盼一年春节至，团聚再将苦乐说。

二〇一〇年二月二十八日（正月十五元宵节）

小园即景

园中双燕飞，难辩是雌雄。上下方颉颃，啁啁对啾啾。穿林翩然舞，掠水亦绸缪。花香伴鸟语，雀跃在枝头。鸣声自婉转，解意在歌喉。结伴相飞去，春风是良媒。花期年年至，春燕岁岁回。相送一江水，日夜到东溟。

二〇一〇年二月二十八日

春至

春光二月醉，溪水飘落梅。松风明月里，炊烟牧童归。梦里吴音好，乡愁自难慰。老来情似酒，青春唤不回。

二〇一〇年二月二十八日

山间春景

寒枝凝冻雨，腊梅戏东风。崖畔春草碧，溪水映花红。黄莺鸣早树，山雀闹林中。村姑采茶去，山深又几重。　晨观白云起，夜闻风

入松。溪喧萦翠岗，雾飘叠嶂中。柳苞传春信，山茶泄芳踪。农人向田亩，地头催布谷。

二〇一〇年三月七日

水调歌头

平淡无奇处，磊落见真情。狂歌醉舞月下，屈子赋行吟。散发江湖浪里，且泛轻舟慢桨，心似水波宁。今世为何世，烽火伴升平。

富黎民，安百姓，悦近邻。东来紫气，立心立命开太平。休忘生于忧患，莫醉甘言谄语，鼙鼓几曾停。应念关河远，正向虎山行。

二〇一〇年三月二十日

寰海清 白蛇传

烟雨西湖，断桥初会，俦侣神仙。莫负天生缘份，相聚人前。缠绵苦昼短，缱绻里，更羡它，春色无边。

不期法海多疑，除孽障、平白拆散姻缘。水漫金山，白蛇梦断许仙。后人到此频嗟叹，道和尚恁地堪嫌。夫妻情自笃，汝何必、恶相煎！

二〇一〇年三月二十八日

春日观风筝

纸鸢扶摇上，迎风自翩跹。志得鹏翼展，意满气冲天。

俯视皆蝼蚁，傲然舞云间。君身何所系？顽童一线牵。

二〇一〇年三月三十日

江湖道中

披蓑戴笠一渔夫，一橹一舟泛五湖。路畔农家堪买醉，山间陋舍可读书。当年梦醒邯郸道，今向溪山结草庐。故人相逢莫忆旧，村姑更进酒一壶。

二〇一〇年四月二日

忆江南

庚寅三月三日，余在洛阳。临伊洛（伊水、洛水为洛阳两条河流名。），眺北邙（北邙，洛阳近郊山名。昔人云：「生在苏杭，葬在北邙」。汉代皇室、姻亲、贵戚、达官、贵人多葬于此，以风水专美于世。），赏牡丹，怀乐天（白居易，唐代大诗人（公元七七二—八四六年），字乐天，卒葬洛阳龙门香山琵琶峰。），在江北，忆江南，醉填此词寄远人。

春来也，又醉洛阳城。国卉园中皆牡丹，花开九色（洛阳牡丹共九色：红、黄、蓝、绿、粉、紫、黑、白加复色。）舞缤纷，袅娜似洛神（洛神，汉末曹植曾撰《洛神赋》咏洛水女神，与巫山神女同为神话人物。）。

春来也，遍野尽游人。傍柳依花观洛浦，邙山伊水客来频，芳菲四月深。

春来也，芍药最消魂（古今称牡丹为木芍药。）。窦绿姚黄参魏紫，娉婷赵粉（洛阳牡丹四大名品：姚黄（花王）、魏紫（花后）、窦绿、赵粉。）落香尘，五彩自纷呈。

春来也，百卉牡丹尊。岂向人前夸富贵，留得肝胆傲昆仑，知己谓何人？

春来也，伊洛汇京师（洛阳为十三朝古都，北宋称京师。）。东望嵩山犹剩雪，西连秦岭蕊含枝，笑会众花痴。

二〇一〇年四月十六日

答欧阳斌

何须再借四十年，人到无求自胜仙。春来采茶邀故友，夏至挥汗且耘田。秋光喜割丰收稻，冬酿村醪醉农闲。相逢一笑诗共赏，老来共钓楚江边。

二〇一〇年四月二十日

附：无题

欧阳斌

又值人间四月天，谷雨滴漏梦当年。竹马绕床知冷暖，青梅煮酒品酸甜。茶至醇时香亦淡，情到深处反无言。蓬山此去疑无路，向天再借四十年。

庚寅谷雨前心安口占于麓山之巅

香山会

咏世博

树丛丛，花簇簇，人头攒动，旌旗舞赤天边日。奇风异俗，出西洋东土。春风引、宾朋无数。

神州此际，水起风生黄浦。人杰地、物华天宝。和谐世界，待国人共铸。世博园、万邦同驻。

二〇一〇年四月二十二日

无题

友人北归日，喜鹊振羽时。桃映南风面，梨灼北面枝。一笑堪入画，西溪照西子。寻春吴江畔，东林绽紫芝。

二〇一〇年五月四日

公门怨

昔日龙下海，今见虎上山。唯有横路氏，犹在坐机关。

办公如

打座，开会若听禅。一茶一报纸，熬得两鬓斑。行文尽八股，举止似寒蝉。公仆一喝斥，主人骨犹寒。富贵谈何易，背景兼靠山。打拼在职场，累累是伤残！

二〇一〇年五月五日

王卫席上奉春彦兄命而作

闻道园，沪上徽派园林，占地千余亩，建筑、碑刻、牌坊、匾额等，悉自徽州古建筑原址迁来，友人王卫主其事，非唯雅好，亦功德尔。夏日周末，春彦兄召一干友人相聚于此，嘱余作诗以纪之。时酒酣，予即兴书此，春彦兄清喉歌之，余音绕梁，举座击节。

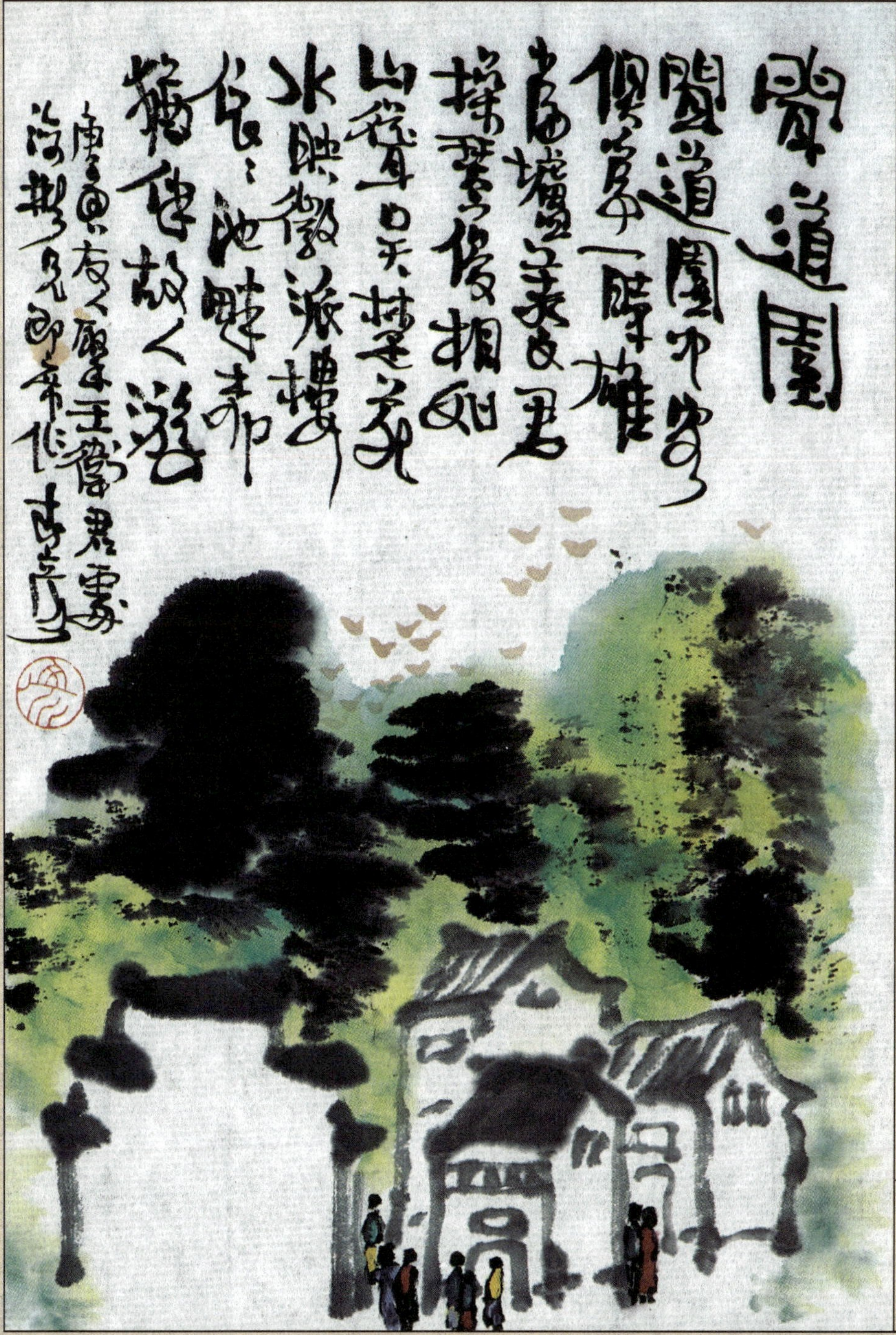

闻道园中客，俱为一时雄。当垆美文君，操琴俊相如。山耸吴楚苑，水映徽派楼。依依江畔柳，犹伴故人游。

二〇一〇年七月十八日

古风

赠春彦

一

热血贲张犹少年，冷眼观心自拳拳。曾悲君子入缧绁，堪笑宵小去如烟。文章不待封侯贵，豪气常干卿相前。管锥唯汲长江水，淘尽风流百万言。

二

平生结得书画缘，健笔为犁砚作田。丹青巧绘貂蝉貌，妙文曾析五

铢钱。剖断是非成公论，论尽贤愚建谠言。鹤发不掩顽童状，骑驴独向楚江源。

二〇一〇年五月十五日

返皖道中

由沪赴皖南，先入浙，后越昱岭关。昱岭关，百战之地，昔为险隘，今为坦途，为浙皖两省分界。岭侧为新安江，下游名富春江，汇入钱塘江后由杭州湾入东海。

一

车疾奔如电，往来昱岭关。朝霞染碧水，暮色映归帆。崎岖山间道，如血夕阳残。遥看新安筏，又过子陵滩。

二

清清率河水，汇入新安江。下游号富春，辗转入钱塘。旖旎山川秀，锦绣画屏长。东流水可溯，西行到故乡。

二〇一〇年七月二十九日

感怀

少饮淝河水，中年到燕郊。暮依新泾树，晨观浦江潮。马嘶雄关月，人语驿边桥。今醉山乡夜，明日路迢迢。

二〇一〇年七月三十日

重读《西游记》

人妖无间道，点化在天尊。世间孙大圣，天廷弼马温。可叹众妖孽，
前身俱为神。须知千钧棒，曾是定海针。

二〇一〇年七月三十日

有感

友人发短信云：「人生短暂，何妨开怀，因为我们要死很久。」
语虽谐谑，诚哉斯言！因其旨趣以答之。

冥府无岁月，惜哉尘世秋。莫作前路叹，忘却百年忧。春观众芳艳，
万木复葱葱。夏日莲荷盛，蛙吹叶底风。秋波潋滟处，赏月重阳楼。
冬来飞琼玉，独钓寒江叟。滚滚东逝水，淹淹不可留。富贵安足羡，

恍若花间露。浮名休征逐，倏忽水上珠。加薪喜工友，丰收乐农夫。文人歌盛世，商贾悦江湖。若无百业兴，焉得民富足。大力促民主，须将民权呼。神州思崛起，而今尚半途。诸君需努力，计日告成功。挫折莫失志，失败勿怨尤。万事不称意，犹可弄扁舟！

二〇一〇年七月三十一日

致友人

一

朝廷有闲吏，江湖号散人。怀抱容五岳，肝胆纳昆仑。飘逸洞庭上，心犹系民生。富贵安足道，一笑若浮尘。

二

渺渺洞庭水，浪起如丘山。不为舟上客，岂知行路难。民气三湘烈，士风一浩然。扬帆下吴越，须臾到江南。

二〇一〇年七月三十一日

致欧阳斌

少年剑气冲斗牛，雁到潇湘岁已秋。楚虽三户皆壮士，忠魂一缕耀汨罗。庙堂难觅尺方地，江湖广袤任尔游。莫笑斯人憔悴甚，古来肉食未堪谋。

二〇一〇年八月一日

无题

海滨绝佳地，突兀矗高楼。诧问何能尔，答曰长官修。金口即规划，挥手万人从。一言真九鼎，政绩也千秋。

二〇一〇年八月三日

读报有感

水淹东南亚，火燃莫斯科。大连爆油管，油污墨西哥（指英国石油公司在墨西哥湾油井泄露造成的海域大面积污染。）。温室积效应，冰川剩几何？千里成赤地，地震一何多！警讯全球遍，天灾加人祸。殷殷劝吾辈，低碳讨生活！

二〇一〇年八月五日

西江月

忆杭州

薄暮山人劝酒，夜来红袖添香。钱塘江畔莫寻芳，遥看扁舟轻荡。垂钓西溪之侧，逢僧灵隐禅房。新茶折扇送清凉，又见东窗月上。

二〇一〇年八月七日

水调歌头

日暮犹插翅，拔地上层霄。不期凌空千丈，鹏翼自扶摇。燕雀唯栖画栋，岂晓龙楼凤阙，俯瞰众生遥。眼底海天阔，羽寄一鸿毛。书生老，豪气在，逸兴高。凭人笑我，临危蹈险入邪魔。白首曾谙风雨，岁晚关山飞度，世事付儿曹。身似归巢雁，心逐万顷涛。

二〇一〇年十月八日

虞美人

山前山后梧桐老，叶落知多少。小溪绕过小桥东，又见炊烟袅袅、夕阳红。

故人驰骋长安道，车马相环绕。汝为公仆我为农，一笑相逢相忘、在江湖。

二〇一〇年十月二十八日

梅花引

长安道，京城别。燕山冬来梅似雪。岭南春，色正纷。此际羊城，繁花映丽人。

高山流水谁共赏？独向江南钓明月。情深深，意沉沉。琵琶弦断，犹作裂帛声。

二〇一〇年十一月二十四日

虞美人

相思相忆不相见，此曲何由献？当年一别又三秋，琴瑟音杳飞雪落满头。

欲随春去逐南海，顾曲人何在？此情无计诉箜篌，又见半轮残月上高楼。

二〇一〇年十二月十四日

生日偶得

未死便知万事空，忙种稻菽闲栽松。朽躯无费棺三尺，家祭唯需酒一盅。

三亩桑迎彭泽令，一帆艇送陶朱公。五湖千载明月在，岭树犹歌陌上风。

二〇一〇年十二月十五日

胜胜令

春花才放，柳絮轻扬，不须年少过长江。豪情万丈，胆须狂，去他乡。醉后忆，饥鼠绕梁。

渐老秋光，两鬓雪、百结肠。梦回踟蹰怯还乡。茅屋仍伴，桂边塘、水边杨。月下菊，还傲秋霜。

二〇一〇年十二月二十日

天门谣

今日冬至，余自沪飞泉州，乘厦航班机，机身绘白鹭图案。古之仙人有乘鸾之说，鸾者，凤也，实白鹭。

冬至泉州去，越重关，骑鸾云汉。天低处、一望小千山。

旧地旧友旧海旧滩，旧曲新翻旧岁残。他乡人，壶中客，又去天南。

二〇一〇年十二月二十二日

天香

今日冬至，余飞泉州，午餐后即驱车赴平潭中国第五大岛，依次为台湾、海南、崇明、舟山、平潭。

骑鹭飞来，单车又到，闽东平潭孤岛。远眺新竹，近观台海，正是冬至时候。望乡台上，望亲友、又逢岁暮。不见佳人久矣，当年红颜在否？

少年轻狂自负，出乡关、豪情万斛。匹马迤逦北上，短亭长驿。踏遍千山万壑，日边霞，又燃西窗烛。更有良朋，今临南浦。

二〇一〇年十二月二十二日

三台

乘彩鸾千山飞度，渭城又下朝雨。黄水浊，且伴泾河清，长安月，又照南浦。君记否？青春正年少，谓封侯、马上轻取。叹昨宵，朝野贪欢，任凭尔、长城日暮。

道中华万年存续，代代英风烈骨。抬望眼，一上又层楼，群雄聚，青梅煮酒。台城畔、马嘶秦淮路，看吴姬、再歌杨柳。枉凝眸、锦绣江南，闲中看，醉中歌舞。

玉笛横吹长夜永，一曲高山流水。燕山雪、片片堕梨花，风又送、点点幽独。君莫叹、西厢犹待月，倩谁人、愁闻更鼓。此情浓，怎生消得，看沙漏，粒粒辛苦。

二〇一〇年十二月二十三日

圣诞夜即景

今宵圣诞又，闹市灯如昼。帅哥称克里，靓女呼伊芙圣诞夜英文称 Christmas' Eve，英文 Christ 是基督名，而 Eve 为《圣经》中第一个女人夏娃名。儿童抱花环，老人驱驯鹿。情侣着盛装，齐聚圣诞树。酒店开华宴，夜寒霓虹热。饕餮尝西餐，刀叉吻桌布。牛排三分熟，蜗牛奶油炙。面包涂黄油，清汤号罗宋。来宾尽开怀，穿插有节目。得奖喜幸运，人人乐参予。雪橇送礼来，焰火除岁去。举杯灌洋酒，浑然不知数。汝唱平安曲，他歌天父颂。酒阑人自散，飞雪飘夜幕。百姓慕洋节，商家善忽悠。过了平安夜，一切还如故。

二〇一〇年十二月二十四日

留春令

今年圣诞节，余在杭州建德八亩丘村。上海金汇飞行培训中心在此设一飞行基地，余在此边学理论，边飞科目：作起降、悬停、倒飞、侧飞等动作。适遇雪，雪霁飞行，更有佳趣。

雪封吴越，漫天皆白，琼瑶世界。奋翼飘然向云端，迅如风、疾如电。

昔有仙人骑鹤去，且寻扬州梦。今别泰州赴杭州，舞蓝天，情无限。

二〇一〇年十二月二十六日

飞行随感

今年八月，余于泰州始学直升机驾驶，现转至千岛湖。湖上飞行，亦别有情致。空中俯视岛屿点点，宛若芙蕖参差，亭亭如盖矣。

一

昔向泰州落，今飞千岛湖。湖上千帆舞，夹岸数峰兀。云卷波心白，山在有无中。鹰随鹏翼奋，岛似绿芙蓉。

二

驾机凌碧水，昂然击长空。俯视千山白，仰首是苍穹。冰雪封车马，舟楫绝江湖。岁老心犹壮，径去九天游。

三

建德机场南面有南山耶。飞过南山，即是一碧万顷、峰峦如簇的千岛湖。

昔攀南山崖，今飞南山去。翼鼓西溪水，身掠东峰树。翩然向云端，南山宛一粟。唯见村烟袅，短笛知何处。

四

飞过南山坳，悠然见千岛。水似明眸净，山如越女娇。帆影随鸥鹭，竹林掩村寮。欲待凌波去，又恐扰渔樵。

二〇一〇年十二月二十七日

飞行漫记

人老未糊涂，犹去考证书。志壮随鹏举，心雄逐鸟途。莫谓无双翅，一跃入碧空。方摘三山月，又沐四海风。虽非童颜少，骑鹤下扬州。兴来瑶台去，乘醉赴蟾宫。腾云访仙客，驾雾上灵鹫。飘然五湖上，云间一老夫。

二〇一〇年十二月二十八日

过富春江严子陵钓台

旖旎富春水，巍巍一钓台。昔有高人卧，飘逸绝尘埃。夜眠天子榻，一笑归去来。百代遗风范，谁匹不世才！

二〇一〇年十二月二十八日

行香子

咏美人

洛浦神妃，荆楚昭君，觅西施、浣女香溪。玉环善舞，飞燕娉婷。面巫山云，西峡雨，马嵬情。

红颜薄命，书中常有，古而今，此例犹新。放心中事，忘梦中人。对镜中颜，楼头月，日边云。

二〇一〇年十二月三十日

闲居偶得

百年只一瞬，倏忽春到秋。莫愁明朝事，且忘去岁忧。空空禅似道，寂寂远山幽。江上年年雪，迎我一钓翁。

二〇一一年一月二十八日

沁园春

京城与友人聚，友人概括旅游之乐为「住大宾馆，吃小饭店」，并宴余以京味小吃。吃、住，大事也；然旅游关键在「游」，故戏补之。

孤云野鹤，安步当车，飞去飞来。去庐山观瀑，黄山赏雪；峨眉拜佛，华岳攀岩。波涌朝阳，山吞夕照，月夜与君醉桃源。当暇日、会山中知己，世上神仙。　岂甘华夏留连，更遣兴、一飞欧陆间。近曾游东土，远及新澳，徜徉非美，踟蹰冰原。暂卸冗繁，心无旁骛，且忘上峰并属员。天低处、眺大洋帆举，云水相连。

二〇一一年三月七日

清平乐

东山方下，又见西溪水。春到西湖垂柳碧，草戏游鱼洞底。
林深难觅人踪，桃李又现芳容。欲待醉眠花下，流莺又啼花丛。

二〇一一年三月十二日

归国谣

帆举。四海五洲皆泊尽。羁旅海碧天青，恼人春色里。　杨柳又催桃李，江南莺燕啼。此际岭南独往，倩谁歌一曲？

二〇一一年三月十六日

沁园春

松下操琴，梅边弄笛，溪上垂杆。卧东坡明月，南山樵采；读书窗下，采菊篱间。茅舍三椽，蓑衣一领，更种双畦瓜菜园。乡邻至，有半坛老酒，春韭新摘。　莫言生计艰难，似吾辈、出身俱陋寒。忆当年下放，汗浸陇亩；悬梁刺股，才返城关。落魄官人，衙门小吏，最喜还乡且挂冠。会诸友，在草堂啸聚，共醉湖山。

二〇一一年三月二十九日

唐多令

酒醉岳阳楼，山青水更幽。倩谁人、重返汀洲？还忆当年舟系柳，邀明月、度中秋。　楚旅下关中，阿房一炬中。四百年、扰攘难休。天下英雄谁敌手？东吴氏，共曹刘。

二〇一一年四月十一日

满庭芳

西到珠峰，东临沧海，神州万里曾游。三山五岳，遍历五洋秋。笑看东风西渐，三十载、又到河东。湖边路，桃红柳碧，莺燕舞汀洲。

忆当年少壮，江南江北，奔走途中。寄豪情，大江东去堪歌。铁板铜琶犹在，英雄泪，还洒西风。斜阳里，江流细浪，依旧送帆篷。

二〇一一年四月二十日

木兰花慢

水乡今昔

近日据报载：或因三峡故，洞庭湖仅余一线，鄱阳湖宛似草原。昔湖光万顷、烟波浩渺之状莫成追忆。

窗外清流细，门又对、数青山。正溪绕汀洲，泉鸣野径，村舍行船。摇曳芦荡深处，又一弯舢板去复还。常羡艄公渔父，年年如此陶然。　近岁久旱苦东南，江竭伴河干。叹浩渺难寻，烟波不见，草盛湖滩。漫说洞庭八百，纵鄱阳湖上已无帆。闻道三峡放水，何时能到江南？

二〇一一年五月三十一日

沁园春

淀山湖即景

有树鸣蝉，有楼听雨，有榭观荷。正江南夏日，熏风渐暖；溪上蛙鼓，灯下飞蛾。杨柳荫浓，芙蓉待放，湖畔人家尽枕河。高卧处，有青山如黛，碧水萦回。

翩翩白鹭飞来，似问我、不归且为何？纵鬓生霜雪，豪情犹在；乡亲父老，笑吾蹉跎。醉眼凭高，愁肠临远，故友相逢酒一壶。廊庑下，看花开花谢，妖娆如昨。

二〇一一年六月十一日

满庭芳

醉后涂鸦，兴来歌舞，江湖漫送芳华。雄关险隘，匹马赴天涯。南北东西逆旅，一身寄、云影仙槎。旦夕见，风霜雨雪，暮色继朝霞。

少年曾立志，五湖游遍，四海为家。悟兴废、且观老树新芽。还忆英年浩气，去乡下、初试耕稼。长安道，古今一梦，秋月笑春花。

二〇一一年八月二十六日

永遇乐

河缀繁星，云拥满月，惊鸿一瞥。江上琵琶，山间飞瀑，客在农家院。梧桐叶落，芭蕉渐老，庭阶秋霜似雪。忆离人、萍踪难寄，千山万水行遍。

情幽吴越，酒醉荆楚，燕赵谁歌易水？杨柳枝残，菊花吐艳，相送南飞雁。黄沙大漠，东溟帆影，塞上孤村烟雨。最相忆、枫桥渔火，共潮明灭。

二〇一一年八月二十九日

西江月 桃汛

桃汛波中三月，枫红岭上中秋。黄昏月上柳梢头，谁候银河渡口？月白清风似水，嫦娥欲语还休。重重桂阙又琼楼，空见吴刚伐树！

二〇一一年九月十三日

永遇乐 江南秋

秋雨连绵，山峦明晦，枫红溪畔。万壑千岩，芳汀柳岸，出岫云还

淡。苍苍岚色，雁停洲渚，浪拍溪桥渔浦。伴农家、炊烟袅袅，梦里故园难唤。

舟行野渡，艄公摇橹，此去水长山远。江上风寒，岭头霜重，日暮彤云暗。天连草碧，崖偎树影，向晚芭蕉听雨。望江南、楚江潮满，吴山雾漫。

二〇一一年十月七日

永遇乐 到杭州

印月三潭，风荷曲院，西湖烟柳。花港观鱼，断桥相会，夕照雷峰久。湖滨烟雨，闻莺柳浪，春见黄龙吐翠。到中秋、钱塘潮怒，宛如万骑奔走。

烟云烟水，苏白堤畔，又见平湖秋月。岳庙栖霞，北街寻梦，六合听涛吼。问茶龙井，九溪烟树，漫步云栖竹径。过灵

隐，松风还送，晨钟暮鼓。

二〇一一年十月十六日

沁园春

到西溪

庵号交芦，庭幽园静，波漫福堤。赏渔村烟雨，龙舟盛会；莲滩鹭影，曲水寻梅。草舍秋深，秋芦飞雪，百转千回绕此溪。临河渚，有婀娜越女，还唱吴音。

西湖西泠西溪，历千载、空灵寄盛名。慕洪园遗韵，高庄宸迹；三堤碧柳，火柿烧云。水动莲舟，蒹葭泛月，游客悠然放鹤亭。今来此，共诸君一醉，归卧湖滨。

二〇一一年十月十六日

述怀

生在江淮老在吴，平生一梦阅江湖。不狂不放终非我，浮云神马是诸公。陋室蓬窗观云水，过客楼头唱大风。笑看西山枫叶灿，流霞还染一江红。

二〇一一年十月十九日

永遇乐

江南春

江上帆白，群山似黛，杏花如雪。春到江南，莺歌燕啼，碧草逐深浅。人家三二，竹篱茅舍，隐在溪山深处。宦游人、漂泊江海，常忆故乡明月。

逗人罂粟，紫兰芍药，春满一时争艳。柳翠桃红，山茶怒放，忙煞花间蝶。故国梦杳，他乡情暖，佳侣如今安在？向楼头、凭高伫望，樱飞万点。

二〇一一年十一月二十四日

凤凰台上忆吹箫

咏西施

居苎罗乡，饮诸暨水，美人生自江南。有倾国绝色，似柳腰蛮。谁料清溪浣女，将玉体、来换江山！颠吴越，红颜祸水，万古相传。

何堪，霸王雄主，难过美人关，爱憎都难。想范公追往，此计羞谈；无奈佳人老矣，伤往事、伴五湖帆。劳谁问，亡吴兴越，与汝何干！

咏范蠡

将梦中人，换王霸业，须知与汝何干？任世仇作贱，情又何堪！千

古江山依旧，无非是、易姓凭栏。斜阳里，佳人泪下，无语白帆。

羞惭，纵无愠色，明眸怨依然，曾唱阳关。此去天涯远，应畏人谗。只恐悠悠岁月，空悔恨、吴越相残。相思日，江湖浪白，绿水无澜。

咏夫差

剑指东南，气吞吴越，夫差毕竟雄才。率虎贲东下，卷地潮掀。猎猎旌旗蔽日，投鞭处、扫净尘埃。迎西子，笙歌夜夜，盛宴常开。

谁知，伐齐问晋，方师老兵疲，勾践重来。叹寇临吴会，国丧堪哀。愧教天人西子，攻陷了、凤阙龙台。无穷恨，江山去也，莫罪红颜。

咏伍子胥

伍子安存，胥门犹在，巍峨犹吊当年。看浪激滔涌，还入吴天。曾帅江东劲旅，平楚越、霸业开篇。遭谗嫉，一朝赐死，百代呼冤。

堪怜，古今良将，多少死军前？俱毁谗言。有义肝侠胆，无奈君嫌。只有江湖故事，千载里、常在民间。逢端午，家家共祭，远祖高贤。

咏文种

生在江陵，纵横吴越，江东常忆风流。用破吴三策，遂下姑苏（吴国首都，今苏州）。谁料披肝沥胆，飞鸟尽、便废良弓。临终也，惜非狡兔，岂有三窟！　辛劳，亡吴兴越，成霸业雄图，廿载春秋。叹破敌有术，无计保身。徒羡归湖范蠡，偕西子、还泛轻舟。君须记，功高不赏，莫怨主公。

咏勾践

一战亡国，卧薪尝胆，旦夕未忘报仇。以贱臣自任，何敢忘忧。妻小皆为人质，服苦役，执礼还恭。三年又，如仆事主，蒙赦还宫。

从头，富民兴业，重绘霸王图，端赖人谋。用范蠡文种，良相名公。终报十年教训，提锐旅、还克姑苏。千载后，史家犹唱，吴越春秋。

二〇一二年二月四日

沁园春　咏世风

人海茫茫，红尘滚滚，今又斜阳。看神州大地，春风沉醉；歌台舞榭，鼓乐悠扬。世路迷蒙，人生多欲，谁恋青山又一乡？缘溪去，到白云深处，另有风光。　江湖水远山长，万里路、常纠百结肠。入街头闾巷，风霜雨雪；高楼华墅，酒色生香。富贵难求，贫穷易守，柴米油盐度日常。拼一醉，睹江山如画，慰我颠狂。

二〇一二年二月十三日

鹧鸪天

雨收梅放二月天，山间湖畔且留连。燕鸣村树傍花醉，鸥鹭翩翩近水眠。　芳草地，柳荫前，西溪水绕苇塘边。何人夜伴春风舞，燕子来时又一年。

二〇一二年二月二十二日

沁园春

太液池边，有莲曰睡美人，兹为作。

一睡千年，除非王子，唤尔出眠。在密林深处，听风絮语；叽喳鸟雀，似鼓琴弦。烂漫山花，淙淙溪水，曲径深幽到此间。天池畔、有桃蹊柳岸，漱玉鸣泉。　分明如梦如烟，浮碧水、婀娜有妙莲。道亭亭玉立，出泥不染；临渊自照，寂寞谁言？世上桃源，人间仙境，涤尽尘心堪问缘。虽咫尺，看波光云影，犹似天边。

二〇一二年二月二十三日

东归

庭院深寂细雨中，佳人只合梦里逢。梅放三冬依晚驿，雀鸣孤杈立早风。雪复层峦如碧玉，冰悬檐下亦玲珑。远望烟岚浓渐淡，今宵又去楚江东。

二〇一二年一月二十七日

杏花天

梅香暗向溪边去，燕来时、东风又度。农家院里炊烟袅，散在竹林深处。　桃花艳，梨花似雪，菜花黄、依家傍路。谁卖杏花春巷里，入我昨宵梦。

二〇一二年二月二十八日

春至

袅袅春风徐徐来，腊梅犹向此处开。青山如黛斜阳里，白溪水碧自萦回。雪飘深涧苍苔上，燕啼村寮老幼衰。踏青且向酒家去，醉里暂将午梦圆。

二〇一二年一月二十九日

唐多令

又是一年春，腊梅破雪尘。兔岁花，又送清芬。碧柳风摇千万羽，闻杜宇，备春耕。　酒后忆阿谁？任山高水深，赴壮行、莫问前程。西子湖边苏堤上，断桥会，梦中人。

二〇一二年二月二十九日

汉宫春　杭州旅次

风送梅香，伴青灯寒榻，卧捧诗书。东风方拂弱柳，微雨才收。浮云过处，月朦胧、又上重楼。休笑我、薄衾孤枕，夜来难遣闲愁。

冬去春来如故，看年年草碧，梨灿桃红。近郊吴山如黛，江水东流。

西溪莺啼，唤春色、又返杭州。君记否、西湖烟雨，旖旎还耀明眸？

二〇一二年三月二日

庭院深深

舟泊桃源春色早，东山处处云深。夜来还看晓星沉。春花疏影里，月上唤潮生。　陌上好风催柳碧，溪山五色缤纷。伴君羞诉此心诚，且将杯酒敬，脉脉眼波横。

二〇一二年三月六日

苏幕遮

早春天，芳草地，雾卷彤云，又往西山聚。溪畔梅开飞细雨，暂罢踏青，避向农家去。　唤亲朋，呼挚友，换盏推杯、此际人宜醉。茅

舍疏篱竹凳椅，野蔬村醪，幸有真滋味。

二〇一二年三月八日

剔银灯

人世几多兴废，起伏仿佛潮涨。天地玄黄，江山无限，渺渺云烟如浪。与君别后，明朝向、红尘万丈。　明月清风溪涧，跌宕飞泉轰响。众水朝东，千回百折，几度涛声浩荡。相思莫忘。佳人待、西厢月上。

二〇一二年三月十五日

梅花引

西溪畔，梅香送，游人尽向花间去。聚蝶蜂，挤人丛。有人花下，尊酒唱大风。　湖山四面春袅袅，南北高峰如波涌。农家乐，举茶盅。青溪潺湲，还出万山中。

二〇一二年三月二十六日

沁园春

雾漫云山，波接海隅，莺啼花间。看年年柳色，东风染翠；多情芳草，又绿衰颜。桃李无言，杏花有意，百媚千娇到眼前。休沉醉，恰春花秋月，误了流年。　江南自古留连，一江水、悠然向日边。有铜琶铁管，英雄相续；红牙慢板，西子歌闲。雨岗晴岚，湖山溪绕，鲈脍莼羹快朵颐。莫相负，唤五湖风月，来伴无眠。

二〇一二年三月三十日

沁园春

壬辰仲春

欲雨还晴，乍寒还暖，又到清明。叹春来早晚，又将归去；山间草木，枉自多情。柳上黄鹂，花间莺燕，只伴东风自在鸣。闻凄切，问青山曾葬，多少英灵！　而今吾辈登临，山如旧、还迎城廓新。有连云广厦，濒山而起；回廊曲道，漫绕湖滨。往事成尘，古今如梦，千载风流今胜昔。休揽镜，笑春波如皱，鬓雪如樱。

二〇一二年四月二日

沁园春

杨柳轻舒，皎月如水，还漾扁舟。看西湖岸畔，游人簇簇，桃红樱灿，灯映清波。万盏霓虹，千车环绕，西子吴山夜色中。偕知己，登名楼得月，酒醉千盅。

当年曾号临安，歌商女、三更午梦残。叹长城自坏，风波亭上；君王得意，此处偏安。壮志难酬，士无明主，辜负忠心一寸丹。休怅惘，笑人生如梦，还倚阑干。

二〇一二年四月八日

水调歌头

瑞石灵山秀，中有紫阳庵。求仙访道，烟霞龙井可盘桓。陡峭千寻绝壁，野葛青藤缠绕，迤逦有吴山。常怕入城市，最喜是乡关。

西湖柳，钱塘鹭，绕江干。一岩一洞，妙处堪共美人谈。朝见云蒸霞蔚，暮看夕阳如血，别易见还难。灵隐鸣钟鼓，问我几时还？

二〇一二年四月八日

水调歌头

潋滟晴方好，空蒙雨亦奇。西湖之畔，杂花生树早莺啼。波映月圆湖上，人唤翠堤春晓，如侣燕双飞。龙井烹茶处，仍在草堂西。

前朝事，如烟渺，入山溪。我来吊古，唯见荒草没残碑。千古兴亡休问，万载名山胜水，长伴柳依依。帘底临安月，犹照玉人衣。

二〇一二年四月八日

水调歌头

西子波依旧，苒苒物华新。无言春色，漫随杨柳绕湖滨。堪笑谁家莺燕，微雨窗前啼晓，蜂蝶舞花荫。茶染狮峰碧，风静九溪平。游人众，苏堤小，画船轻。梅坞道上，又见车马似蜗行。醉看湖光山色，夜赏清音曼舞，吴越莫谈兵。勾践当年事，缥缈若浮云。

二〇一二年四月八日

沁园春

柳絮杨花，漫天飞雪，风舞蹁跹。正仲春五月，春光灿烂，花开桃李，碧草纤纤。燕啼江南，莺飞塞北，情侣偎依到此间。狮峰上，有新茶待采，龙井须煎。

吴山秀色堪嗟，西湖里、佳人似彩莲。看曲院风荷，珠圆玉润，三潭倒映，月上中天。茂树修篁，残阳夕照，伴我悠然步履闲。人常羡，有钱塘潮涌，美梦催眠。

二〇一二年四月二十九日

白蘋香

柳絮杨花飞落，离人四处漂泊。钱塘江上丽人多，恰似欲归春色。

西湖泛舸轻摇桨，吴山倒映清波。友人携酒上农家，醉看梅坞晓月。

二〇一二年五月十七日

一片子

暮色将临处，西山日式微。小园花径里，闲看燕双飞。

二〇一二年五月二十日

欸乃词

梦西湖，梦西湖，堤上夏来吹晚风。飞花柳絮唤莺啼，且会知音烟雨中。

二〇一二年五月二十四日

水调歌头

吴越潇潇雨，西子又重来。乘鸾驾鹜，且会知己到湖边。长忆钱江岸畔，明月清风树影，塔衬碧云闲。春色今何在？柳絮正飞旋。

书生老，豪情在，藐神仙。功名富贵，岂有肝胆耀人间。且看苏白堤

上，摇曳纤纤烟柳，无语颂前贤。千载临安月，此夜照无眠。

二〇一二年五月二十四日

虞美人

雨催花谢春归早，夏日今来了。蝶飞鸟啼舞群蜂，晓月朦胧犹在、碧空中。

美人夜半难入梦，寂寞无人诉。叹君难见又凝眸，且问此时何在、念奴无？

二〇一二年五月二十六日

念奴娇

西施、王嫱、貂蝉、玉环并称古之四大美人，分别号为西施「沉

鱼」，貂蝉「闭月」，昭君「落雁」，玉环「羞花」，其美无可名状，然其命皆坎坷，天哉人哉？作此「念奴娇」以哀之。

红颜薄命，自相传众口，今古难易。落雁沉鱼当此际，料是世人讽语。身嫁吴公，心随范蠡，垂老江湖去。草原青冢，迄今荒草历历。遥想拜月貂蝉，汉宫岁月，羞诉三家事貂蝉为司徒王允义女，董卓小妾，吕布红颜。。姐妹都眠玄宗榻杨玉环三位姐姐皆国色，均入宫，分别封为韩国夫人、虢国夫人和秦国夫人。，犹自马嵬横死。垂泪羞花，姿残病柳，都系君王妾。千年之后，悠悠魂魄何处！

二〇一二年六月一日

永遇乐

夏日初临，莲荷初放，落花满径。雨水频来，黄梅湿气，浊浪翻天际。江南烟雨，岭头云重，四季云山缥缈。去农家、瓜棚豆架，曾留多少回忆！

雾漫群峰，香飘溪涧，一曲高山流水。飞瀑潭湫，空山鸟语，村里婴儿泣。打工城内，几多白眼，无奈家人在远。问何日、还乡道上，夫妻再聚！

二〇一二年六月二十八日

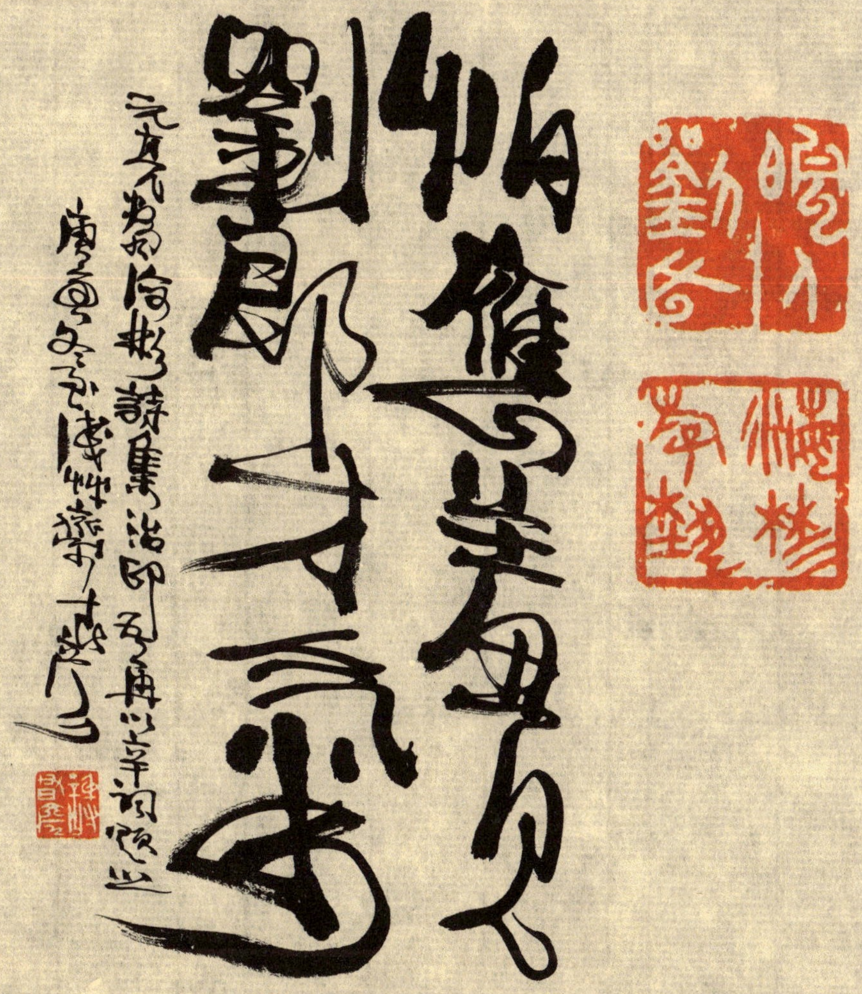